帰路

yoshimi noriko

吉見典子

文芸社

目次

日常的小痛

流星群

日めくりカレンダー

日常的小痛

寝つけぬ夜の決まり事

明日　大事な用があるっていうのに
遠足前日の子供のように
寝つけないでいる
困ったなあ　寝不足じゃダメだ

何か飲もう
でも　あいつと　目を合わせないように

慎重に　冷蔵庫へ向かわねば
そして　慎重に　ベッドに戻らねば

チクタク　チクタク　……
決して　目を合わせてはいけない

目が合ったなら　あいつはきっと　こう言う
「あと3時間後には　お前を起こしてやる」
ってね

オー・マイ・ゴット

仏壇に手を合わせたり
本を読む代わりに聖書を開いたことはある
しかし　私は仏教でも　キリスト教でもない
「信仰」なんて　全く無い

ところが　何か不都合が起こると
例えば　お腹が痛くなった時や

仕事のミスが見つかりそうになったりした時など
心の中で必ず叫ぶ
「カミサマ!」
呼ばれた神様たちは　お互いに顔を見合わせ
誰が指名されたのかわからずに　困っているようだ
そう　私はどの神様を呼んだわけでもない
「カミサマ」
これは　不都合が生じた時に唱える　呪文の言葉だ

引越し

3年前に出会った　この部屋と
今日　お別れする

ちっともいい部屋では　なかったが
ちょっと　寂しい

荷物は　カラッポになった
床も　雑巾で拭き上げた

住んでいた時よりも　広く見える
住んでいた時よりも　狭くも見える

ちょっと　疲れたので　一服
ああ　灰皿も無い

3年分の　深呼吸

カーステレオ

闇に包まれた道を
赤く光りながら　行儀良く連なり流れていく
無数の獣の目たち
規則正しく　間隔をとって
規則正しく　青や黄や赤の光に変化する
三つ目のお化けたち

今の僕は　ただの疲労のカタマリ

もう自分では　歩くのさえ　だるいんだ
だけど　惰性でアクセルを踏んでさえいれば
とりあえず　家にはたどり着く

歩けないくらいに　疲れているのに
歩くよりも速く　景色が流れていくのが不思議で

宙に浮かんでいるような　錯覚を起こす

頭の中から　仕事なんかを　追い出してみた
代わりに　離れて暮らしてる大切な人を　投入しようと試みる
だけど　どんな顔をしていたか
鮮明なイメージとして　思い出すことができない

カーステレオから流れてくるのは
好きでもない　流行りの歌謡曲ばかりのラジオだったり
聞き古したテープの　伸びきった音だったり

そんな　安っぽい音が　僕を優しく包む

今　このカーステレオは

僕　一人だけのために　歌う

降格

四十分程度の通学時間ではあったが、やはり座りたいので早めに出かけ、座席取りの列に並んでいた。

ぎゅうぎゅうの満員電車。だがその日も無事に座席を獲得し、優越感を感じながら、ゆったりと眠ってしまう……

停車したのを体に感じ、はっと目覚めた。

乗り過ごすところだった！
私は勢い良く駆けだし、ばたばたと降りた。
降りて、またはっとした。
本来降りるはずの一つ手前の駅だ！
ふりかえると満員電車、戻るのが恥ずかしい。
仕方なくさっきとは違う車両に、何事も無かったような顔をして乗り込んだ。
二度ビックリしたので心臓が走りつづけている……
今度は吊革につかまって、残り十五分程、揺られた。

眠たいお釈迦様

静かな暗闇の中
小さな羽音が
こちらへ近付いたり　遠ざかったり
気になって　眠れない

悪いが　今は
電気をつけてお前と戦う元気は無い

その昔　お釈迦様は（観音様だったかな？）
飢えた虎の親子に　自身の肉を与えたという

いいだろう
そこにいる小さき命よ
私の腕を刺したまえ　私の血を与えよう

……カユイ
何するんだよ
……カユイ
腕って言っただろう
足の指を刺していいとは　言ってない！

忘れ物

あんな言い方　ないじゃない
絶対に許せない！
絶対に許せない！
私は一人でタクシーに飛び乗った
帰り着いて　気が付いた

大事な書類の入った封筒を
タクシーの中に忘れてきた
それはとても　大切な物　……困ったなあ
とても気分がすぐれない
私が忘れてきたものは

大切な封筒と
大切なあの人との　おしゃべりの続き

靴ずれ

久しぶりに　この靴を　長い時間履いた
かかとに　小さな赤い点
指で圧さえてみると　少し痛むが
触らなければ　あることさえ忘れてしまう　小さな傷

お前が悪いのか　私が悪いのか
その靴と　にらめっこした
しばらくお前とは一緒に行動しない

「私」と息の合わない「靴」との間に生じた摩擦は
明日にでも　忘れてしまうような出来事

そして　その小さな傷も
そのうち　跡形も無く　消えてしまうもの

昼夜逆転

みんなが活発に動き回っている間　僕は夢の中に居た
外界のいろんな音が耳に入って　刺激していたのだろう
違う種類の　いろんな夢を見た
つい　さっきまで鮮明に覚えていたはずなのに
どんな夢だったのか
あまり楽しい夢ではなかったということだけ　覚えている

目覚めた僕は　十二時間以上遅い　朝食をとる
ちょっと片付けたりして　一段落
ぼんやりと　テレビを見ていた
ちっとも面白くない
チャンネルを　ぱちぱち変えてみる
いくつかの放送局は　本日の営業を終了していた
誰かに電話でもしようか
夜分遅くスミマセンも　スマナイ

ひとりで晩酌でもしようかと　冷蔵庫を開けて見る
やっぱ　やめた
何しろ　さっき起きたばかりなので
飲もうなんて気分にも　なれない

あくびしながら　パソコンの電源を　オン
ぶらぶらネットサーフィンでもしようか　と思ったのに
サーバーは　なぜか　ビジー
つながりが悪過ぎて　ひょいひょいとは渡り歩けない

僕みたいな人間が
それだけ大勢いるんだな

なんて思ったら　少し安心して
夢の続きを見に
あっちのセカイへ帰ることにした

新聞屋さんのバイクの音が　見送ってくれた

文明ジャンキー

仕事から帰り

部屋の灯り　スイッチ・オン
暖房　スイッチ・オン
テレビ　スイッチ・オン
洗濯機　スイッチ・オン

ここまではオーケー

コンビニ弁当　レンジに放り込んで　スイッチ・オン
その瞬間　「バチッ」と聞こえた気がした

辺りは　真っ暗　音も無く　寒く
飢え死にしそうに空腹

「よっこいしょ」っと　背伸びをして
ブレーカー　スイッチ・オン

僕らは文明中毒
それを止めることができない
それ無しでは生きていけない
スイッチ・オン　スイッチ・オン

「ピンポーン」
玄関先で誰かが　私を呼ぶ代わりに
スイッチ・オンを　また　やった

正　解

前回も　同じ失敗をした
インクの入っていないものは　捨てておけばよいのに
これもハズレ　これもハズレ
やっと　インクが入っているペンに　ありついた

前回も　同じ失敗をした

見分けがつくように　札か何か付ければよいのに
これもハズレ　これもハズレ
やっと　その鍵穴にピッタリの鍵を　見つけた

正解を　一発で見つけるのは　難しい
学習能力の無い　愚か者である
という理由は　見過ごしにはできない気もするが
まあ　これで良いのだ
正解なんてものは　そのうち　引き当ててやる

1999年12月23日

まだ薄暗い早朝、仕事に出かける
巨大な、巨大な憂鬱に包まれた朝
とても寒い、小走りでゆく

痛っ！

思いっきり転んだ
買ったばかりの腕時計が吹っ飛んだ
金属ベルトが見事に切れて、一部無くなっている
無くなった部分を探す……
辺りはまだ暗く、小っちゃなカケラは見つからない

カードで買ったので、支払いは来月だ
左の手首から血が滲み出す
素晴らしくイケてない一日の滑りだし

オマタセシマシタ……スミマセン……
アタマヲサゲルコト　ソレガアタシノシゴト

無くなったカケラを探しながら、
下を向いて歩く、帰り道
見つからない……

朝の事件の現場を通り過ぎた後も
私は下を向いたまま歩く
探し物は見つからない
大きなモノも、こんな小さなモノも

スモーカー

僕は　愛煙家だ
でも
タバコを「吸っている」という認識は　無い

上手く言えないが
多分
その時　胸の奥にある　言葉にできないモヤモヤを
ケムリと一緒に　吐き出している

そんな感じだ

気分が悪い時に
嘔吐するのと　同じさ

ゲーム

ゴミの分別

水曜日と　金曜日が　もえるゴミの日
第3火曜日が　もえないゴミの日

ゴミが　たまってきたなあ……

今度の水曜日　彼に会うので
その時　コレを捨てよう

今度の金曜日　あのコに会うので
その時　コレを捨てよう

うーん、これは……　不燃物っぽい

第3火曜日に　一人で泳ぎに行こう
そして　砂浜に埋めてこよう

カウンター

カウンターに座る
ちょっと気取って
その空間には　軽い緊張感があるが
心の中は　妙に解放されている

何も気を遣うことは無い

著しくめいっている時などに
親しい人たちの　優しい言葉たちが
時々　雑音のように聞こえて
きゅうくつに感じたりすることがある

カウンターの創り出す
人と人との距離
これが　ちょうど良い

誰も私の悩みなど　知らない
誰も私を　励ましたりしない

だから　ちょうど良い

ため息つくにも
自分の部屋でよりは　サマになる

ハンドバッグ代わりに
さえない気分をぶら下げて

カウンターに座る

ちょっと気取って

無欲になれ

食べたいものがあるから
やりたいことがあるから
そういうことが
僕を動かしている
僕は欲のカタマリ

偉人はしばしば「無欲になれ」と唱える

だけど　偉人方《センセイ》
欲のカタマリこそが
生命体と呼ばれるものの　正体なんじゃないかって
僕はそう信じているんだ
欲が無くなってしまったら
僕は死んでしまいそうだ

見てよ　ほら
植物だって
葉を広げ　根を伸ばし
自らの欲求を　追求しているというのに

恋

恋がしたい
それが自分の辛いことを　取り除いてくれるだなんて
思ってないけど
それは　きっと
やって来ると　すごく騒がしくて
他の音が　聞こえない

愛

それは　とても身近なモノ
あってアタリマエになっているモノ
空気のように　そう　アタリマエ
ある日突然　それが無くなってしまうと
きっと
ひどく慌てる

気分の悪い勝利

生タマゴを投げつけられ　ビックリした
生タマゴを投げつけられ　カッとなった
ワタシは自分の冷蔵庫を開け
見渡してみたが　ゆでタマゴばかりで
使えそうになかった
奥の奥の方に
賞味期限の切れた　生タマゴを　ひとつ

見つけた
だから　それを投げつけた
部屋中　腐ったヒドイ臭いがした

それは　どこにあったのか忘れていたものだった
それは　そのうち捨てられるハズのものだった
それは　アナタが使ったものより　価値の無いものだった
アナタにそれを投げつけたのに
その臭いで　具合が悪くなったのは　ワタシの方だった

ゆでタマゴ

玄関のところに
Mサイズ　6個パックのタマゴが
置き忘れてあった

5つしか入っていないので
おそらく1つは

先日アナタが　ワタシに投げつけたやつだろう
賞味期限が切れないうちに
残りの5つを　ゆでタマゴにしよう
お鍋の中に　丁寧に　並べる
今度　アナタが来た時に
一緒に食べる
アナタが　ゆでタマゴは食べたくない　と言ったら
ワタシが一人で　頑張って食べる

ゲーム

ちょっと　力を込め過ぎた
ちょっと　当たる位置が悪かった
ちょっと　狙う方向がズレた
ちょっと　あの玉が邪魔だった
ちょっと　キューが曲がってた

「ちょっと」が大きな差を生む
やり直しはできない

突く玉を
真っ直ぐ　見据えて
自分の持っている全ての知識
自分の持っている全ての感覚
それらを用いて計算し尽くした
位置・方向・力加減

それが正確なものかは　わからない

その一突きに
それらを全て
丁寧に　注ぎ込む

やり直しはできない
上手くいくとは限らない
だから　ムキになったりする
だから　面白い

生きることに　よく似ている

ちょっと　力を込め過ぎた
ちょっと　……

なんて言い訳が
ほら　私の生き方っぽい

砂の城

長い時間を費やして
こんなものを　作ってしまった
作りたかったものは
こんなものだったのだろうか

しわくちゃになった完成予想図は　色褪せ　線も消えている
城のてっぺんの方は　乾いて　崩れかけている

時々水を含ませたりして
補強する

壊してみても　いいかもしれない
破壊の後は　創造のみだ

でも　なかなか決心できないでいる

壊してしまうことは　一瞬でできる
「お前なんか、明日　壊してやる。」
と　吐き捨てて

今日は　おやすみ

受容

認めよう
そろそろ
認めよう

誰が悪いわけじゃない

認めよう
そろそろ　認めよう

そうなってしまった
それだけのこと

流星群

無くなった切符

特急電車で通学していた頃のこと。

私は駅の売店で出たばかりの今月号の「ｎｏｎｎｏ」を買った。

階段を昇り、ホームに着いたら電車はまさに今、発車した。

さっきまでは行列の人でいっぱいだったはずのホームに、扉の閉まるプシューという音と、ゆっくりと動き出すゴトンゴトンという音のみが、寂しく鳴り響く……その音の中にこんな音が混ざってきた。


「待ってくださあい！　待ってくださあい！　切符を中に！　切符を中に忘れたんです！」

そう叫びながら女の子が走っている。

特急は30分に1本。諦めた私はベンチに腰掛け、買ったばかりの「ｎｏｎｎｏ」を開いた。1ページ目を開く時にはもう電車の音は遠くへと消えて行った。「待ってくださあい」の音も……あれ？

私はホームの端の方を目を細めて見た。

あっちへ走っていった女の子の姿が無い。こちらへ戻ってきた気配も無い、どこへ消えたんだろう。私は雑誌を置いてホームの端の方へ歩いた、が、やっぱり居ない。気のせいだったのかなあ、腰掛けていたベンチへ戻ろうとした時、柱の陰に忍者のように張りついて声を殺して泣いている女の子を見つけた。小学校2、3年くらいだろう。

「どうしたの?」何度聞いても首を横に振るだけで何も言わない。

「切符忘れたんでしょ?」何を聞いても首を横に振る。

「私が切符買ってあげるから、ね、どこから乗ってきたの?」

その言葉に初めて言葉が返ってきた。

「お金なら私、持ってます」そう言ってポケットからしわくちゃになった茶封筒を出して見せた。しかしその後はひたすら首を横に振るだけで会話にならない。仕方が無いので私はその子の手を引いて、改札へ向かった。駅員さんに事情を説明したが、

「あなた関係無いんでしょう? 行ってください」とぶっきらぼうに言われ、仕方なくその子を置いて歩き出した。その時、背後から大きなつっけんどんな声が聞こえた。

「ありがとうございました!」

振り返ると女の子が90度のおじぎをしている。

電車に対しても、私に対しても、あの子の口からは敬語のカタチをした言葉しか出てこなかった。よそよそしい言葉、しわくちゃに握りしめた茶封筒、そしてそのおじぎ。慣れない社会に対する、あの子の精一杯の意地が詰まっている。

トモダチ

「ミチコの結婚式の時には、ピアノ奏者は私がやるよ。」

「ダメよ。」

「なんで？　ちゃんとやるよ、ミチコの好きな曲とかわかってるつもりだし、大丈夫って。」

「だめ。あんたはお客さんの席じゃなきゃだめ。」

「そんなに嫌？」

「あんたには美味しい料理を、ちゃんと食べて欲しいから。」

糸電話

さまざまなストレスでいっぱいな時
私は人とあまり連絡を取らない
そんな時に久しぶりに母からの電話
「元気じゃないんでしょ?」
すごく近くから見られているような感じがする
彼女が使っているのは
糸電話なんじゃないかと
思ったりする

父の誤算

父が家を建てた
昨日　新しいダイニングテーブルを見に
家具店に行ったらしい
「突然思いついたんだ、丸がいいって。だから丸いテーブルを買ったよ。」
我が家ではこれまで長方形の食卓を使い続けていたが
今度のは丸　後日配送されるとのことだ

「丸だったら上座とか何も無いし、自由に座れるだろう。」

ああ　なるほど

「ああ、でもパパが一番に座ったら、次の人が離れて座るのが想像できるな……
まあこれは例外として、とにかく丸はいいぞ。」

そう父は苦笑した

思春期を通り越してしまった娘たちは

昔みたいに　あなたのことを嫌っていない

そのことを　父は知っているだろうか

浅瀬にて

下流の浅瀬の小石たちが　おしゃべりをしている

同じ一本の川を三十年かけて
様々な石や岩とぶつかりながら
角を落としてきた　石たち

丸く平らな姿では
流れもしなければ　背比べもしない
石たちが　望んでそのような姿になったのか
知ることはできないが
それなりに　美しい形をしているように見える

浅瀬のおだやかな流れの中で　小石たちがおしゃべりをしている
話題は岸に咲く花や釣り人のことばかり
まだ川に浸かっているくせに

誰ひとり　川の話はしない
老眼のせいにして　近くは見えないふりをしているのか
どんな激流だったのか

私たちには　決して知ることができない

あと少し転がるか
あるいは川の水量が減ってしまえば　岸に出る
武勇伝は　その後　ゆっくり話そう
浅瀬のおだやかな流れの中で　おしゃべりをしている

一本の川だけを

黙って耐えて　流れてきた　五十路のサムライたち

（定年間近のサラリーマンたちが会話している様子）

朝食における美学

お皿の上に
小さな二等辺三角形の　パンの耳
その三角形は
さっきトーストを食べる時に

指で持っていた部分
これは持つところで　食べるところではない
これを食べてしまうと
「美味しかった」が
半減してしまうんだ

用件の無いナースコール

頸椎（首の骨）の手術をしたおばあちゃんを受け持ったことがあった。

おばあちゃんは言いたいことがあっても、いつも口をぱくぱくするだけで、声が出ない人だった。だから看護婦の私たちはおばあちゃんの口の動きを見て、何を言っているのかを探った。

私は受け持ち看護婦だったので、たいていの会話はこなせる自信があった。

ある日、ナースコールで呼ばれて、病室へ行くと、おばあちゃんは何か一生懸命言っているのだが、「喉が渇いたんですか？」「トイレですか？」こちらが何を言ってもそうじゃないというような渋い顔をする。呼ばれた用件がわからない為、私も困り果て、おばあちゃんも困り果てた様子だった。

おばあちゃんは私の手を握り、手の平にあめ玉を載せてニッコリ笑った。申し訳無いことに、その時やっとおばあちゃんの口の動きが読み取れた。

「アリガトウ」

ヒマじゃないけど

夕方　目覚めたよ
頭　痛いよ
一日　終わっちゃってるよ
今朝　カミナリが鳴ってたって
知らないよ
今日は　いい天気だよ　いい夕陽だよ
タイクツだよ
おなかすいたよ

やらなきゃいけないことが　あるんだよ
だから今日は　予定を入れてないんだよ
決してヒマじゃないんだよ

でもタイクツだよ
誰か遊ぼ

やること適当に
意外に早く終わっちゃったよ
ホントにヒマになっちゃったよ

誰か遊ぼ

23時の病棟

23時
準夜勤務から深夜勤務の交代の準備に追われる時間で、私はナースステーションで慌しく記録や伝票処理などをしていた。
廊下側の窓を軽く叩く音が聞こえ、顔を上げると、車椅子の男の子が廊下にいた。私と同じ歳くらいの彼は、いつも巡回の時間病室に居ない。患者さんの所在を把握することも看護婦の仕事なので、彼のせいで仕事が増えることもある。しかも先日、私が先輩に叱られて涙目になっているのを目撃して笑っていた、にくたらしい。

「はい、」

彼はぶっきらぼうに缶ジュースを窓口に置いた。

「ありがと、でも気なんか使わないでよ」

わたしも職員らしからぬぶっきらぼうな態度で受け取った。

「気なんか使ってねえよ、金使っただけさ。頑張れよ」

そう言い捨てて彼は病室へ速やかに戻った。


23時。私にとっては憂鬱な時間。

深夜勤務の先輩看護婦が間もなく来る……こんな事もまだ終わってないのかと叱られぬよう、私は慌てていた。

そんなちょっと張り詰めた気分だったからかなあ？

不本意にも涙が出た。

懺悔

その絵の中の建物は　本物の壁みたいな質感だ
特に　白い壁
絵の具の中に　漆くいの粉を混ぜ
何度も　何度も
塗り重ねられている
祈りを一緒に　塗り込めて

「決して触らない事」
と注意書きがしてあったが
ごめんなさい

ユトリロの絵だからとか
そんなんじゃなくて

その絵の具の厚みに　触れてみたかっただけ

自動洗心機

それは　ころころとした丸い物体
総重量は4キログラムくらいだろう
一家に一台　普及しつつある
接触の良い時　悪い時があり　作動状況が微妙に異なる
それに向かって発声してみると
一応　こちらを向く

が　こちらに移動してくることは　稀である

ああ　何てバカ犬！
「アイボ」の方が　よっぽどお利口さんだよ

なのに　必ず
一日に一回は
そいつの顔を覗き込んで
優しいコトバを口にしてしまう

誰にも優しくできなかった日にもね

流星群

何年か前の今頃にも　そんな話題があった
「東の空に何百もの流星が現われる！」
私は仕上げねばならない論文があったので、見に行くことができなかった
だけど　やっぱり見たかった
部屋に居ながら　落ちつかない
街の中でも　せめて一個ぐらいは見えるだろうと信じて
ベランダに出て　夜空を見上げていた
とても曇ったキタナイ空だった

流星どころか　普通の星も見えない

寒いし　首も痛くなってきた

私はベランダに椅子を運び
電気毛布を延長コードで引っ張ってきた
それに包まって　温かいココアを飲みながら　待った
完全張り込みだ

が　空はとうとう明けていく……
風邪ひいたかな？　体の具合がヘンだ

翌日　友人に指摘された

「アンタの部屋は　西向き」と

急いで大人になろうとしたら、
大人になっちゃうよ。

日めくりカレンダー

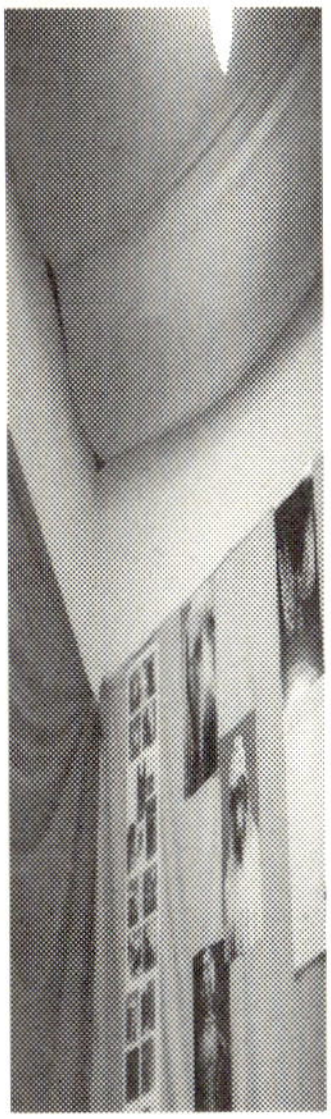

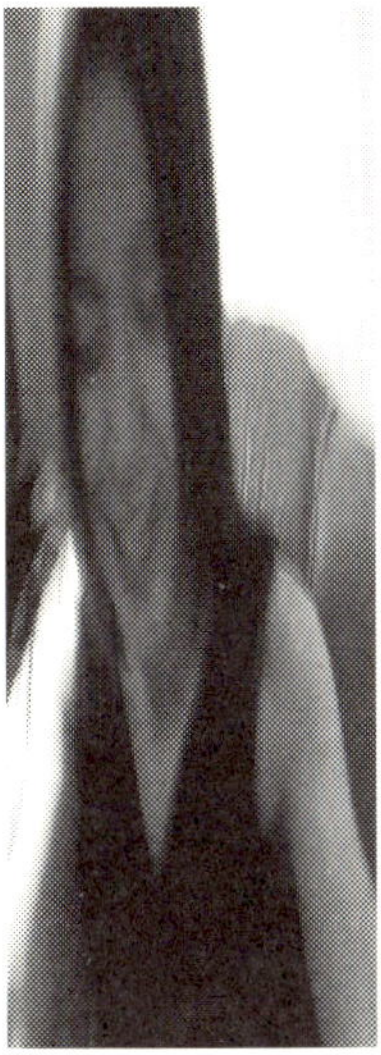

無　心

ゆっくり
ゆっくり
何キロも　泳ぐ
苦しくなっても
さらに　泳ぎ続ける
ゆっくり
ゆっくり

途中から　ふと
苦しさを感じなくなる瞬間がある
私の心臓と　プールの水が
同じリズムになったみたい

プールの底しか　見えない世界で
私は水になる　無心になる

その瞬間
カラダの苦しさと　ココロの苦しさが
同時に消えてしまう

日めくりカレンダー

新しい一日が始まる
日付が変わったので
一枚の紙を　破り捨てた
未来って　いつから始まるの？
十年後？　来年？

未来ハ　タクサンノ　明日ノ　カタマリ　……

何てことだ！

昨日の私が「明日」と呼んでいた日は
「今日」になってしまった

人生ハ　タクサンノ　今日ノ　カタマリ　……

さっき　私が破り捨てたのは
昨日の私が「今日」と呼んでいたもの

終電

八月十日曇り。今日は学生時代の仲間に会うため、以前住んでいた街へ向かう。「特急」を待つのが面倒で目の前に停車した「普通」に乗った。毎日は相変わらずで、今日のバッグの中に皆を驚かせるニュースは入っていない。私は一つ歳をとったけれど少しは大きくなっただろうか。懐かしい駅に着いたら雨が降り始め、駅前で百円の傘を購入。しかしその雨はすぐに止んだ。

二十五歳になった私たちの会話に夢だとかそういう眩しく実態のわからないものは無く、仕事のことや誰は今どうしているのかとかそんな事ばかり話した。学生の頃のトゲトゲしい感じは若干残っていてやりきれない部分もあるが、良くも悪くも諦めるのは上手くなってきた。まだ若いとはいえ自分の人生のカタチが何となく見えてきている。そのサミシサはこの人生に満足しているかどうかとは別問題のようだ。

朝まで飲むつもりでいたが、最近では心地良く酔う前に眠くなってしまう、明日の予定の事なんかが気になるようになったせいもあるだろう。無茶はしない、終電で帰ることにした。


電車の中で座席に置き忘れてあった雑誌を読んでいた。

ダイビングのインストラクターを目指している若者の記事、歳は二十歳くらいかな。高いお金出してこんな重そうなモノ背負って……でもいい笑顔してるよ。


駅に着いてからはタクシーには乗らずに歩いた。水タマリを避けながら歩く……

いつからだろう、水タマリのことをキライになったのは。幼い頃はわざと踏んだりして遊んでいた。行きがけに買った百円傘が妙に邪魔になってきた。

ふとダイビングスクールの看板が目に入り、電車の中で見た記事の中の若者の顔がちらついた。まあ私の分までガンバッテ。

ちょっと飲み足りない感じがして路地に入る、この辺りに感じの良い店があったのよねえ……あれ？　道一本間違えたらしい。戻る？　面倒くさい。

そのまま水タマリを避けながら帰る……百円傘が妙に邪魔だ。

夕立

待ち伏せしているのか
いつも　私の帰宅時間を狙って
あいつは　やって来る
しかし　必ず
家に帰り着く前に
どこかへ行ってしまう

三日月

ご近所さんなのだが
毎日すれ違っているのだが
たまにしか挨拶しない

今日　久しぶりに　目が合った

あら　こんばんわ

……最近　少し痩せました？

光年

夜空に見えている星
今　存在しているものも　存在していないものも
何百年　何億年かけて
僕らの元へ　やってくる

しばらく光ってなかったから

もう　あの星は無くなったんだ　と思われているのかな

心配しないで下さい
ちゃんと　今　光っていますから
そのうち届くと思います

星サン　お元気ですか？

僕は元気です

手

手当て　手入れ　手間
手には　愛がある

私の手は
何ができるのだろう

手荒　手抜き　魔の手
手には　悪がある

私の手は
キレイだろうか

友人のコトバ

意味のある事
意味の無い事

できれば　意味のある事をやりたいと願ってるんだけど
僕らには　まだ　意味のわからない事も
たくさんある

雲ひとつ

今日のお天気は　晴れ時々曇り
いつかは　どしゃぶりの雨だったこともある
最近は　晴れ間も多い

お天気なんて　毎日　変わる
「雲ひとつ無い快晴」の空を持っている人って
いるのかなあ

私の空は
よくよく探せば　必ず
小さな雲が　ひとつ　浮かんでいる

摩擦

毎日
自分を取り巻く様々なモノが
私の心を摩擦する

その摩擦は　心地良かったりする
美しい自然の景色や　人の温かい心に触れた時など
天使のハネで　優しく撫でられたみたいに

その摩擦は　くすぐったかったりする
日々の生活の中で見る　自分や知人の微笑ましい失敗談など
無邪気な子供に　イタズラされたみたいに

その摩擦は　痛かったりする
育った環境の違う多くの人と　すれ違いながら
目の粗いヤスリで　こすられたみたいに

私の心を摩擦した　その何かを　言葉にしてみる

自分の手から生まれた文章が
私と　私の出会ったことの無い人との間に
共感であれ　反感であれ
何らかの　心の摩擦を生んでくれたりしたら
私は　書くことが　もっと楽しくなるだろう

鏡

朝　目覚めて　鏡を覗く
これは私じゃない
キリリと眉を書き足し　目はパッチリと
そうそう
これが私よ

仕事から帰り　鏡を覗く
これは私じゃない
洗い流して　サッパリと
そうそう
これが私よ

あとがき

ありふれた日常の場面に潜んでいる様々な小さな感情、それを描き出す……

文学とは縁の遠い私が文章を書くキッカケとなったのは、大学の「小児の言動についての観察」という課題で書いたレポートが、思いの外評価されたこと。「無くなった切符」がそれです。

職業柄、文章を書くなんて意外なようですが、原点が「観察」という理系的なところにあることを考えると、実は自然な事だったのかもしれません。

とはいえ、私には本を書けるような豊かな想像力や強い思想は無く、おそらくこの本を読んだ人に感動を与えることは難しいでしょう。昆虫の生態観察日記みたいに「ふーん、確かにそう**ね**」という感じでしょうか。

でも私は、その「**ね**」が嬉しいんです。

何かを共有できたみたいで。

著者プロフィール

吉見 典子（よしみ のりこ）

1977年生まれ福岡県出身。
久留米大学医学部看護学科卒業。
現在は企業の保健師として社員
の健康相談等を行っている。

帰　路

2002年12月15日　初版第１刷発行

著　者　吉見 典子
発行者　瓜谷 綱延
発行所　株式会社文芸社
〒160-0022　東京都新宿区新宿1－10－1
電話　03-5369-3060（編集）
03-5369-2299（販売）
振替　00190-8-728265

印刷所　株式会社平河工業社

ISBN4-8355-4792-6 C0092